Mi papá y mamá están solteros

Julie Murray

Abdo Kids Junior es una
subdivisión de Abdo Kids
abdobooks.com

Abdo
ÉSTA ES MI FAMILIA
Kids

abdobooks.com

Published by Abdo Kids, a division of ABDO, P.O. Box 398166, Minneapolis, Minnesota 55439.
Copyright © 2022 by Abdo Consulting Group, Inc. International copyrights reserved in all countries.
No part of this book may be reproduced in any form without written permission from the publisher.
Abdo Kids Junior™ is a trademark and logo of Abdo Kids.

Printed in the United States of America, North Mankato, Minnesota.

102021

012022

THIS BOOK CONTAINS RECYCLED MATERIALS

Spanish Translator: Maria Puchol

Photo Credits: iStock, Shutterstock

Production Contributors: Teddy Borth, Jennie Forsberg, Grace Hansen

Design Contributors: Candice Keimig, Pakou Moua, Dorothy Toth

Library of Congress Control Number: 2021939742

Publisher's Cataloging-in-Publication Data

Names: Murray, Julie, author.

Title: Mi papá y mamá están solteros/ by Julie Murray

Other title: My single parent. Spanish

Description: Minneapolis, Minnesota: Abdo Kids, 2022. | Series: Esta es mi familia | Includes online resources and index

Identifiers: ISBN 9781098260590 (lib.bdg.) | ISBN 9781644947463 (pbk.) | ISBN 9781098261153 (ebook)

Subjects: LCSH: Families--Juvenile literature. | Single-parent families--Juvenile literature. | Children of single parents--Juvenile literature. | Parent and child--Juvenile literature. | Families--Social aspects--Juvenile literature. | Spanish language materials--Juvenile literature.

Classification: DDC 306.85--dc23

Contenido

Mi papá y mamá están solteros

Muchas familias tienen

padres **solteros**.

4

5

Los padres **solteros** viven solos con sus hijos.

Betty vive con su papá. Ellos lavan los platos juntos.

Amy vive con su mamá.

Ellas leen un libro.

11

Algunas veces otras personas
ayudan a la familia.

El tío de Kyle lo lleva

a su **entrenamiento**.

14

El papá de Nora tiene que
trabajar. Su abuela le hace
la cena.

La tía de Jeff le ayuda con
las tareas.

Ava abraza a su mamá. ¡A ella le encanta su familia!

Más familias de madres o padres solteros

Glosario

entrenamiento
tiempo que una persona o equipo
dedica a practicar y mejorar en un
deporte o actividad.

soltero
persona sin pareja, responsable
legal de sus hijos.

Índice